衣 米 一 诗选

2006 — 2019

衣米一 ［著］

长江出版传媒

长江文艺出版社

衣米一

女，湖北人，现居海南。著有诗集《无处安放》（2008，汉语诗歌资料馆）、《衣米一诗歌100》（2011，雅邦文化）、《衣米一新作快递：塞尚的苹果》（2015，《读诗》编辑部）。

目　录

第一辑　酒店用品（2008—2009）

第二辑　塞尚的苹果（2010—2012）

第四辑　总有人（2016—2017）

第五辑 杀死一个海（2018—2019）

第六辑　榆亚路 63 号纪事（2006—2007）

第一辑：酒店用品

（2008—2009）

酒店用品

它们租用我们

我们的身体成了它们的工作间

梳子牙具沐浴液

按照自己的法则

清理我们

从皮肤到牙齿

疏而不漏

泡沫成团涌起

水

顺势而下

每到一处就创造一处小世界

我们视这　处光洁如新

适宜复活

或者诞生

针线包缝合厮磨落下的扣子

缝合我们的空隙和深渊

我们不能否认

我们是带伤而来的

在旅馆

黑暗吞噬我们就像岁月

吞噬我们的青春

它吞噬得越多

我们就越沉默

它吞噬得越快

我们就与它等长等宽等高

这是一个没有旗帜的领地

我们成了彼此的旗帜

我们物质

我们不灭

南方的房子

南方的房子
端坐在南方
她养着一些蜥蜴
并允许他们
趴在她身体上

她没有经历怀孕和分娩
也没有一个异性来
充当这些被养者的父亲
但，这不妨碍他们互爱

他们的爱，反复经受着黎明前的黑暗
和黑暗后的黎明
在很多时候
很多事情上
他们是共密者
是同谋犯

每天，当一切都安睡了
南方的房子和她的蜥蜴

还醒着

他们打量着

温暖潮湿的南方

他们，从不打算搬到另外一个地方去

这一切。这些蜥蜴

使南方的房子

有别于

其他的房子

坐火车

车厢内都是人

我是其中的一个

我不理他们

也不理车外的风景

在白天

我浪费着白天所有的光亮

然后天黑了

有小货车推过

我从一个中年妇女那里买来一本书

但并不看

它现在就压在白色的枕头下面

薄薄的被子也是白色的

有污痕

哦，整个夜晚都是一路向前的夜晚

唯一让我担心的

是我的粉色拖鞋

在黑暗中

仍然暴露出一些粉色

第三地

它在不远处

有宽阔的床

浅灰色家具

我们从窗外笔直的马路上

走进来

卸下行李

恢复到简单

这里不需要太多的光明

窗帘终日低垂

风吹动帘帷

风是唯一的外来物

现在可以了

除了灯

就是我们在发亮

我在你的上面晃动

很白

有流水的声音

你说是万泉河

穿越了身体

它吞噬着美

制造着美，永不枯干

一个面包的上午

终于饿了

我们手拉手去寻找面包店

新鲜出炉的面包啊

像新鲜出炉的花

芬芳的，松软的

一路上我们就这样想

吃完面包

我们再接着赞美

写给一只失踪的母鸡

我期望一只母鸡带回一群小鸡

我期望她不是失踪而是出门去生儿育女

我期望她现在有一个巢，这个巢已经铺上了干草

我期望她不是厌倦了我，即使厌倦

也不厌倦整个世界

我期望我的家

像极了她的巢，虽然我并不知道那个巢在何处

我期望那个巢旁边有粮食，附近有虫子

后方有春天，前方有夏日

我期望一只母鸡回来时爪子仍然是爪子

她成群的儿女踩着小小的爪子在我面前挤来挤去

鸟

我羡慕它不需要路
而处处有路
羡慕它能将羞耻藏在羽毛里
而羽毛长在身体上
我羡慕它是坚定的，因此不再有背叛
它的坚定轻盈和活泼
衔着它的住所，粮食和方向

疯少年

整个夜晚

只有他在喊叫和

捶打门窗

整个春天只有他拿着玫瑰

在寻找愿意接受玫瑰的美人

常常，他踩着一辆没有闸的旧单车

两手平举，像举着一双没有羽毛的翅膀

我们在他的飞翔中纷纷躲闪

我们目送风挟持着他的少年脸

绝尘而去

无　题

睡不着的时候
我就脱衣服
一件一件地脱

不多的几件
睡裙
胸衣
小巧的月白色三角裤
很快就没有了

仍然不能与这样的黑暗
融为一体
我就把身体弯曲成
在母腹时的样子

突然轻轻抽泣起来
在母腹时
没学会的哭
现在，已经很熟练了

两只蚂蚁

它奇怪在这条路上遇到它

它们停下来

相互嗅了一下

这个过程极其短暂

只持续了 0.1 秒

0.1 秒一过

它往一堵墙的方向赶去

那个被它嗅了 0.1 秒的它

奔向茶几的一只脚

它们忙碌的样子

它们来不及爱的样子

好像有什么事情

就要发生

冰糖雪梨

在此之前
冰糖装在储藏罐里
雪梨放在水果篮中
它们都甜，惹人喜爱
在此之前
冰糖只想着冰糖的事
雪梨只想着雪梨的事
像现在这样甜上加甜的事
的确在它们的
意料之外

今 生

我需要一间房子
来证明我是有家可归的。
我需要一个丈夫
来证明我并不孤独。

我需要受孕、分娩、养孩子
来证明我的性别没有被篡改。
我需要一些证件
红皮的、绿皮的和没有封皮的
来证明我是合法的。

我需要 些口了
来证明我是在世者，而不是离世者。
我需要一些痛苦，让我睡去后
能够再次醒过来。

我需要着。我不能确定，我爱这一切
我能确定的是
我爱的远远少于我需要的
就比如

在房子、丈夫、孩子、证件、日子和痛苦中
我能确定爱的，仅仅是孩子。

还有一种爱，在需要之外远远地亮着
只有我知道，它的存在
我并不说出
爱被捂住了嘴巴
爱最后窒息在爱里。

关 系

我看透你了
你说，才多久

可我的确看透了
你的正面和反面
我比所有的男人更能看透你
我比除我之外的所有女人
更能看透你
甚至，我比你的母亲
更能看透你

整个夏天，我们吐着葡萄皮
我们没有看到这些被我们吃掉的葡萄
长在葡萄架上的样子
整个夏天，我们吃着彼此
我看到了我
长在你身上的样子

我与你一个夏天的亲密
超过了你母亲一生与你的亲密

反着来

你要小心我会反着来
把夜晚过成白天
始终不肯闭上眼
就这么看着你

你要小心我把婚礼办得像葬礼
让每一个来宾哭哭啼啼
把他们埋在合欢花的香气里
从此流不出其他的泪

你要小心我提前腐朽
并且，事先藏好防腐剂
我也不再渴望填塞
而是不断掏空
我每天掏出一点点
直到无

理疗室

几个不同的人躺在
几张相邻的窄床上
带着来自不同原因、不同部位的痛
来自时间的痛。
第二张窄床上
一动不动地趴着一个老妇人
我只看到她灰白的头发
她撩至颈部的上衣
她裸露出来的微微驼起的背。
背上盖满了拔火罐留下的印记
这一枚枚深褐色的图章
让她看起来像是一张契约
而且是快到期的。
因为看不到她的脸
这张快到期的契约
还是神秘的。

初 恋

她的祖母跟她一样美丽

若干年前

也被一个少年热爱

在五月的黄昏

空气蜜糖一样清亮

他们，十六岁和十八岁的

花儿与少年

一个前一个后，灵猫般机警地

从桥上走到桥下

靠近公园又离开公园

他们左拐弯右拐弯再拐弯

哦，哪儿都不合适

那个终于没有完成的亲吻

至今仍有余温

残留在隔代少女的唇上

雨

他是悲伤的
可我总想给他幸福
我给出的幸福是一阵雨
在 37 度高温中
他被雨淋湿
我也被雨淋湿
我们终于安静下来
在湿漉漉的街边
静静地吻

沙　滩

我相信沙滩，是能够哭泣的
虽然我没有听到过
虽然每次路过，它都是沉默的

我不怀疑我对沙滩的感知
我相信，除了哭
它还能够听到我发出的声音
跑动的，跳动的，试图飞起来的
挣扎的声音和终于落到地面的声音
渴望发出的声音
和终于没有发出的声音

每次路过
我都禁不住去触摸
一颗沙滩的心，它是今天的也是昨天的
它是巨大的，也是破碎的

关于鲜花盛开的村庄，兼家族简史

在鲜花盛开的村庄

我的祖母用一根麻绳

把自己吊死在阁楼的横梁上

我的祖父一辈子对我说的话

不超过十句

我的母亲参加革命的时间

先于她生孩子的时间

我的父亲和我

和我的兄弟姐妹

搬离鲜花盛开的村庄的时间

先于我长大成人的时间

现在，我离它更远了

隔海也不相望

关于鲜花盛开的村庄

我最鲜明的记忆是

大雨倾盆中祖母的葬礼

后来我听说，她的一生

是为老实巴交的祖父抗争的一生

最模糊的记忆是

乡亲的音容笑貌

我对他们知之甚少

他们对我，也知之甚少

触手可及

只要我打开

你就会卡在里面

偶尔，你不乐意动弹

除了呼吸

就安静得像一只甲壳虫

住在我的身体里

更多的时候

我们不能规矩地待着

比如双腿并拢

两臂垂直

我们习惯了

在最小的空间

制造最大的动乱

黑暗中

无穷尽抱着

黑暗中，山河壮丽

一如此刻

我们的肉体，和心

突然想到吃麻花

吃麻花最多的时候

我还不满十八岁

住女生宿舍第二层

当时，一个瘦高男生说爱我

他的头发一丝不乱

因为这一丝不乱

我遗弃了他

告　别

——致迈克尔·杰克逊

告别发生在六月
这没什么不好
六月的天空很蓝
无论在西方
还是东方

而且多么坚决
镶金棺柩收留了
一个天真的孩子
谁都找不到你了
无论是黑的
还是白的

不再做幸存者
不再需要面包和蔬菜
也不再需要一个爱人
在深夜
抚摸你的身体
像止痛剂

世界完成了最后一次颤栗

为你

它的甜心

它的刀子

对 付

我码的文字

时而柔情似水

时而冷若生铁

我和这个世界是一致的

我们用软硬兼施

对付着彼此

流　逝

我喜欢在一些树下停留
在一些草的旁边
走来走去
如果我从来没有赞美
这个时候，我就很想赞美

我这么地喜欢
看到有人在为它们劳作
浇水，剪枝
这些劳作中的人，像是一些
从没有过痛苦的人

我们的归属，在我们的来处
树，草，劳作的人和我
似乎突然明白
如果不出意外，多么好

光在流逝
但不烧焦任何东西

迷 恋

时过境迁……
我开始迷恋一些
易朽的事物
我怀着要挽留它们的心情
怀着注定要失败的心情
热爱它们

不仅如此，有时
我还摸着它们的骨骼和碎片
失声痛哭
我梦想和它们一起
在生活中活
在死中死，如今
已不可能

我，也是易朽的
在清晨，我的胯部有蜜糖
皮肤闪动柞绸般的光泽
我仅仅缺少翅膀

初 春

——悼养父

与春天同时到来的
是他的离去
这一次很彻底
表现出不可逆转之势

世界上最爱我的人
又少了一个
从正月初一开始
阳光却一天比一天温暖
明丽

他的白骨
被一根根捡进深黑色棺柩里
排列成生前的大致模样
在我伏棺痛哭时
他把回忆赠送给我
他没有了回忆

这个春天以后

我再也收不到风干的咸鱼

带着他的体温

跋山涉水

他在青山绿水之中

我在青山绿水之外

听 鸟

每天早晨，我还没睁开眼睛
欢快的鸟叫声就从窗外
传进来
我静静地躺着。静静地听
它们是幸福的
它们幸福得叫出了声音
而我，沉默得就像没有幸福一样

第二辑：塞尚的苹果

（2010—2012）

在瓶子里

我住在那个灰色的
瓶子里
我活着

天冷时，想过要换一个
莫兰迪的瓶子
那些不会被碰倒的

只是想想而已
无聊时，我就在灰瓶子里
啃指甲
就想象有另一个人
也住在瓶子里

一个离我不远的瓶子
他会来找我
用爬出深井一样的勇气

还　原

可以把钻石当成

是玻璃球

能失踪，能抛掷

能被小儿玩耍

能戴在穷女人的手指。

可以把没有四季的地方

住成四季

比如在夏天想起雪

想很大很大的雪

满天满地飞。

可以把破碎看成是分解

从无到无

就此相安无事。

可是那声音太响了

你受了惊吓

结果，钻石还是钻石

夏天还是夏天

破碎，还是破碎。

冬　至

你从城西来到东城区
带着冬至的食物
横穿三亚河
河上的水光和帆
比每一个行人都安静

这是农历中
最老的一天
夜晚最长，白天最短
正合我们心意
等祖先睡着了
我们就照亮彼此

两种香水

她有两种香水

香奈尔 5 号和古琦

橙花，茉莉，五月的玫瑰

绿木兰加紫罗兰

不同的香味

洒给不同的夜晚、人

未知的一切

她嗅着自己

就像自己是花，是叶子

是一道可口的菜

塞尚的苹果

塞尚的苹果
幸存在桌子上，幸存在颜色里
幸存于这一刻
看着它的眼睛

生育后的苹果树死了
别的苹果也死了
留下它们，替所有消逝的苹果
呼吸，滚动

小团圆

元宵，放烟花的人在制造幸福

他们把幸福做得

又高又大又响

好像彩虹盛开在他们眼睛里。

我们站在房间

看窗外烟火明灭

还在明灭

人间一会儿是亮的，一会儿是暗的。

给 wei

最好的时光

是我们一起的时光

我能对你说前世没有的事

说黑暗之事

我能为你读诗

读风过海洋，风过草原

我能说，黑暗以后，海越来越小

草也快没有了

婴　儿

你说抱我
像抱一个婴儿

而我自己，已经很久没抱婴儿了
自从我的孩子长大
自从我，越来越老

我不断回想
你说我像婴儿的那个早晨
（对，一定是早晨）
我们非常满足地
从睡梦中苏醒
就像多年前，我们从母亲的宫腔里
落入人间

一个婴儿，多么干净
即使放他在水里
即使抱他去山上
即使把他搁在人群中
不让返回

即使，埋进土里

他还是照样干净

颜色比文字更容易发疯

红入骨髓

蓝到无边无际

黄得视天下为臣

黑得又仿佛什么都没有了

那么灰啊

应该是经历过一切

白得又以为

一切可以重新再来

制　造

做美厨娘

你知道的

就是用 A 加上 B

制造碗中物

就是用精子加上卵子

制造陌生的你

就是跌倒

让血碰上土

就是打击乐

12345

你出生吧

如果世界开始坏了

如果世界已经坏了

你不要躲在那里

月 亮

足以照耀黑暗

她的白衣

白唇

白色的高跟鞋，踩在

夜晚的开关上

她的白皮肤

有一些露在外面

使夜晚

黑中有白

使夜晚做不成海盗

做不成独裁者

做不成墓穴

静 物

在某个时刻

你是静物

从每一个方向

看你

我也不能把你看成别的

即使隔壁女孩

与她的第三任男友

大打出手

玻璃摔碎了

你仍然是静物

即使，这场离得最近的战争

让你可能成为

下一个凶器

最后一天的最后一首诗

在公共汽车站
我们送走最亲的人后
又去了一次沙滩
我们发现，沙滩变硬了
越来越多的沙子
被泥土取代

我们发现，有污水流向大海
但海水仍然很蓝
"这是一种藐视"，我说
并为此征求你的意见

后来，天就黑了
后来就到了凌晨时分
你有轻微的咳嗽，我爱你
我们组成一个小分队
我爱你
这是多么重要的一年
我要和你一起去巡游和唱歌

末　日

末日没有到来
我们天天谈末日，乱象丛生
其中包括刀子

细数二月，见到的人，遇到的事
虽说有一张新面孔
能与这个春天相匹配
还是挡不住，刀架上脖子

刀砍倒了松树又砍梧桐
砍倒了梧桐又砍杨树
有人不喜欢刀子停下来
有人磨刀，并发出霍霍的声音

下　午

我用一个下午读《圣经》
我用一个下午去认识那里面的人
他们住在黑封皮里
他们没有死去

与天使格斗的雅各
赶路的雅各
他不知道今天的我
是没被带走的黑色绵羊和有白斑的山羊
生于某地
也葬于某地

黑 鸟

那只古怪的黑鸟不往高处飞

不往辽阔处飞

它停在一棵树上

它寻找的东西我看不见

它被树叶簇拥的样子

像帝王

不要盘问那个从远方回来的人

不要盘问那个从远方
回来的人
他已经鼻青脸肿
他的眼睛喂养过鸽子
他带着
经历的事情和将要经历的事情

他的耳壳
被召唤割伤
旧血痂埋在新血痂下面
他的身体里
一个乌有之国在嘶鸣
没日没夜地嘶鸣

世界的尽头
堆着他破败的鞋子
爱过的明月、芳香、水
在繁华和荒芜中
他被打倒
又被拉起来

去天堂

去一个天堂
那里有人等我

等我的人，不时来信问
你到哪了
你现在到哪里了

我只好面朝窗外，报上一些随眼看到的事物
一些地名，一些路名
还有一条河的名字

当说到一棵树的名字时
我离他已经很近了

养 鱼

我的女儿已经老了
她的眼睛多了水汽
即使在烈日下，也不蒸发

她在里面养鱼
她说，只要不停止恋爱
鱼儿就会一直活着
地老天荒

壳

很多食物是有壳的
我剥过花生、瓜子、开心果
用锤子敲破过核桃
用刀砍过椰子
壳坚硬
壳的里面
有的坚硬，有的稀软

我也剥过我的内心
与剥食物的壳比起来
这很不舒服
失去壳的内心让我害怕
如果它流泪，痛
甚至流血
我就赶紧把它再装进壳里

有时，我会剥生活的壳
显然，生活并不同意我这么做
它觉得被我打搅了
它瞪着我
用一双充满血丝的眼睛

不平常的地方

我住的地方

是一个阳台对面有操场的地方

是一个操场旁边

长着一排树的地方

这很平常。不平常的是

那长着树的地方

每天晚上有猫头鹰叫

每到十一点，也就是，在一天快过完的时候

猫头鹰就突然叫了起来

是一只猫头鹰在叫

没有更多，也没有更少

那叫声短促，干涩

是缺水太久了的叫

是一个已经离世的女人

在叫她原来的家门

那门，也注定是再也不会打开的

摸

摸物质。墙。土。树皮和树叶

那一天的光阴。摸人。摸你

我想这样做，摸进你的肉

再继续，摸进你的骨。再继续

逼你来摸我。你吸气，呼气，被我看见

我就摸你的气，像摸没有

你被我看见了你的气，你肯定不是假的

我肯定不会后悔。

站着摸，坐着摸，躺着摸，跪着摸

明里暗里，你懂的

隔壁的猫今年生了二胎，她总是叼着最小的一只

飞檐走壁。她不断摸小猫

不断被小猫摸，这是她的生活

我无法模仿，我已经叼不动我的孩子。

水流不止。江里的，河里的

心里的，眼里的。其实我摸不了这么多

也可能，我摸你，你摸橘子

橘子什么都不摸

什么样的手伸向什么样的人

什么样的人伸向什么样的物

我摸答案。我摸到索雷斯库的句子

"天哪，我的灵魂

发出一些奇怪的声响。"

金色和弦

夜晚一到
家家户户的屋顶上，站着成群的鸟儿
从天上飞下来的
从身体内飞上去的
更多的鸟，它们，正扑簌簌地赶来
它们赤脚，打着节拍

夜晚来得如此之快
叫我清洗。叫我上床。叫我不要马上睡着
而是竖起耳朵
此刻，我想听到什么
就有什么

看见了秋天的树林

秋天在树木和海水之间

颜色越来越深

越来越暗

在认清春天，认清夏天后

它的光芒松懈下来了

母亲也一定更老了

母亲在远方

她始终与我的父亲在一起

她甚至呈现出

冬天的样子

我不敢肯定，这是真实的母亲

我只是坚持

母亲只是母亲

母亲是不可替换的

这个秋天

是不可替换的

吞 噬

我的房子
有一只甲虫藏在暗处
有时它在白天进来，有时它在晚上进来
有时从窗户进来
有时从门缝进来

它小到没有声响，没有语言
小到随便就能找到落脚的地方
但它跟上我
用它的忠诚，书写对我的爱情

它见证了我为数不多的友人
为数不多的情人。它能变成楔子
插在我，和他们之间

一个早晨
一只甲虫
在我的被窝里醒来
没有人能再找到我，鲸鱼吞下大海

在火里

你不知道我在火里的模样。
你以树木描述我，以灌木乔木描述我
以纸或者油描述我
你听到了噼噼啪啪燃烧的声音。
你以炮仗描述我，它是喜事和丧事埋下的地雷
你以倒下的灰来描述我。
只有这一次，你是正确的。

第三辑：凌晨两点

（2013—2015）

被锯断的树

树被锯开
被锯成木头
被做成桌子、椅子、柜子
做成一些
不叫树的东西

树最先被锯断的
是喉管
这一点和杀人相似
把人头砍掉
声音就发不出来了

发不出声音的树
变成了发不出声音的桌子、椅子、柜子
沉默的大多数
过着下半生

出生地很远
或者很近。但树再也没回去
那个让它

长出叶子

甚至开出花的地方

在中药铺里

我看到白芋根、茵陈、木香
桑白皮、白豆蔻、白芍
她们在下午三点的光线中，跳舞
有时茵陈跳得高一点，有时白芍跳得高一点。
但始终高不过窗户和墙壁。

她们的手脚呈现出透明色。
我仔细辨认了，她们都不是我离家出走的女儿
她们都不会像我的女儿那样
不可拿捏，并且反对我生出另外一个女儿。

看一场关于外星人的电影

他们刚做完爱
各自选择舒适的睡姿
女的朝向窗户那边
男的朝向门

幸福就是这个样子
如果外星人不来的话
他们将在明天的九点醒来
就着牛奶和面包
或者油条和豆浆
看电视新闻，或者网络新闻

如果外星人不来
最刺激的新闻可能只是枪杀案
最远的，发生在美洲
最近的，发生在屏幕

他们也不会发出
尖叫声
这么大的声音

似乎要冲破银幕的声音

只有拼尽全力

才喊得出来

看月亮

晚饭后
我们说
去看月亮吧
我们在二楼
看月亮
又跑到
三楼去看月亮
三楼是这栋房子
最高一层

我们仍不满足
又跑到海边
去看月亮
在海边
我们双双抬起头来
这时的月亮
正在我们头顶
它比人间
任何一盏灯
更亮地
照着我们

坛　子

我想象我是一个女子
被人爱过。那人爱完后
收藏了我的青春
他把自己变成坛子
把我的青春装在坛子里面

往后的岁月
他不断往坛子里浇水，各种各样的水
特别是在他孤寂的时候
实际上，他总是孤寂的

为了拯救他，我决定登门拜访他
以我现在的生活
现在的容颜
我还随身带着
防护罩，以防止他第二次爱我

南山寺

南山寺的观音

身高 108 米

她露出的笑容

很轻

很浅

她的笑容不掺谷子

也不掺沙子

香客们

我的父亲、母亲、姐妹

点燃香烛

他们朝观音

跪拜下去

那太多的不如意

愿望。悲和喜

终于找到了倾诉的人

下班路上

一只黑色的羊

趴在人行道边

不停地颤抖着

它没有糖果、美梦

它食草

在食肉者眼中

它是羊奶、羊肉、羊血、羊骨

羊皮和羊毛

失　踪

有一个人走着走着
迷路了。他往东边的方向走一阵子
又往西边的方向走一阵子
又往南边的方向走一阵子
又往北边的方向走一阵子
所有他看到的路，他都走了一阵子
他的力气用完了，再也没有回家。

他的亲人把寻人启事
贴在墙上，贴在电线杆上，贴在廊柱上
风吹在上面，雨淋在上面
太阳照在上面
新的寻人启事覆盖在上面。

阴窥镜

将阴窥镜插入体内

它比你更强硬

更深地

照亮我的黑暗

它探照灯一样

照着我

黑洞里的宝藏

宝藏上面的废墟

废墟上的斑点

伍尔芙的，图钉和玫瑰花瓣留下的痕迹

它在我从不见天日的隧道里

照来照去

这儿轰隆隆跑过火车

跑过汽车

跑过孩子

它照到了意义的全部

激情前的火炭

火炭熄灭后的残骸

你的和我的

而伍尔芙那个女人

把自己沉到水底去了

搭建教堂

这是一个礼拜日
雨停了，雨水还在叶子上闪光
我在一颗水珠里搭建教堂
钟每"滴答"一声
我的教堂就离天空更近一步
我几乎看到了
最完美的教堂是由我亲手建成的
是由我亲自打扫的
是由我找来了最美丽的孩子
他们在里面唱圣歌
他们唱得好极了
在这样的歌声里
一只鸟飞过来，停在教堂的钟塔上
那么高
我几乎相信
它不再是一只悲伤的鸟

丢　失

一张巴掌大的纸

一张刚好能写下一首诗的纸

它现在不在客厅里

不在卧室里，也不在书房里

不在蓝封皮的书里

也不在黑封皮的书里

我一共有五个

大大小小的包

它都不在。它也不在我的口袋里

这是它最容易去的地方

这张没有长翅膀

也没有长脚的纸

这张我在上面写了一首诗

就像为它安装了一颗心脏的纸

它不见了。它带着一首

没有被人读过的诗

在海边

在海边，爱一个毫不相干的人

带他回家，给他幸福。

用他的沙子

为他造一双儿女，用他的海水炼出喂养他们的盐。

他的儿子出生在白天

他的女儿出生在夜晚。

我度过了完美的一天

历经恋爱，生育，和死亡。

在地下

在地下，除了挖坑打洞
我们能干什么。
除了寻找祖先和早逝的亲人
除了抱住他们，发出久别重逢的哭声
我们还会有什么奢望。
他们全都在下面，落地成灰，安心做鬼。
不再提江湖，爱恨
只在雨水丰沛的季节
变成蘑菇钻出地面。

我想象它是我的孩子

万里无云
云到别的地方去了

我把它想象成自由的样子
它就果真获得了自由

我把它想象成我的乳房
它就成了乳房
又松又软，需要仰视才看得见

我把它想象成白痴，它就是一个白痴
随风而动，没有思想

我把它想象成各种各样稀奇古怪的东西
我拥有的
和没有拥有的

但我不把它想象成眼泪
我要阻止它落下来

现在，我想象它是我的孩子

长大了

可以独来独往

我没有发出声音

早晨醒来

我突然感到十分孤独

天都这么亮了

外面一定有人

有喧哗声

和每天的这个时候一样

客厅传过来

电视的声音

他就在那里

只要我一叫

他就会进来

如果我叫了

孤独就会听到我

求救的声音

树　顶

我想爬到树顶

看看树冠是什么样子

藏有什么秘密

它那么高高在上

我仰视了很久

现在，我想爬到那高处去

看这样的行为能带给我什么

能改变我什么

我会不会把自己的旗帜

挂在上面

让风更容易吹动

我的旗帜

被吹得哗啦啦响

衬托着我的一生

沉默，安静，鲜为人知

我在一年里认识死亡

一年中我失去两个亲人

一个年岁超过一个世纪，一个正当壮年。

一个的葬礼响起唢呐声

一个收到一百零一个花圈。

这密集的死亡，让我对逝去的人，学会了劝慰

我说，接受吧，接受你那被带走的命运

接受活着的人的美意

唢呐，花圈，烧成灰的衣物，纸钱……

没有什么能再给你了

想了又想，的确是没有了。

诗人之死

国庆日，一个青年诗人
坠楼身亡。大家开始读他的诗
有人说，可惜了，这是个天才。
他活着时可没人这么说
他活着时没有多少人知道他的存在
还写诗，还受着生活之苦。
他的死，完成了一个无名诗人的出场。
还是十月，一个女诗人
因病去世
我十分吃惊，死亡总是让人吃惊
死亡总是让我深刻意识到
自己的活着，而死比诗离我更近。
更早些时候
一个男诗人，活在南方，又死在南方
我和他互发过邮件
打过电话
我熟悉他的声音
这声音也死了。
他是好诗人，很多人悼念他
怀念他，于是，我的怀念变得弱小

细微，几乎没有人知道我在怀念。

几乎没有人知道

诗和死亡

这一对孪生兄弟

经过我的身体又出生了一次。

最著名的诗人之死

发生在多年以前

那时，我的脸

似乎永远长不出一根皱纹，我弟弟也是。

我们做着诗人梦

那颗最亮的星星突然熄灭了。

斧头。岛。春天。谣曲。

这些词包围着我们，压迫着我们

我和弟弟

坐在长条沙发上

沉默。

像青春和爱，坐在时间的河床上

并排着悲伤

并排着老。

凌晨两点

凌晨两点

我轻手轻脚上床

他还是醒了。

他睡意蒙眬地问

现在几点。

我的回答是

一个他可以接受的数字。

嗯，他说

抱紧我

亲我。

我照他说的做了。

亲我

抱紧我。

我又照他说的做了。

做这些动作时

他半睡半醒

我是清醒的。

房间黑暗

他在高处时

像我的教堂

他在低处时

像我的湖。

孤独的人

一个孤独的人
剩下的，只有自己
运气好的话
也可能有一只忠心的犬
一匹忠诚的马
如果他在雪地行走
天气就格外寒冷
路格外漫长
如果他不绝望
他有太多的爱
他就一直走下去
倒下了，他沉睡
雪花飞舞
这是他最后看到的景色

水 鬼

在一次游戏中，我掉进了冰窟窿
这是一块最薄的冰
破碎时，发出清脆的声响

我迅速下沉，同时长出无数只手
它们扑腾着，只有一个目的
就是抓住一件可靠的东西

是那个说爱我的人
抓住了我。他使劲往上拉我的头发

水鬼的头发又多又长
是一堆蓬勃生长的水草

草原上

草原上，一只母豹
扑向野牛群，咬住其中的一只小野牛
牛妈妈冲上来，掀翻母豹。

三只小豹子，在远处玩耍
美丽的草原上，它们的妈妈，更消瘦了。

它们的妈妈，带着失败
回到它们中间时，残阳如血。

冲　洗

低头冲洗头发时

一只蛞蝓在地上爬行

它淡红，细长，光滑，柔软

一小团泡沫落在它身上

它立刻慌不择路

一大团泡沫落在它身上

它挣扎了几下，随即将身体卷成一团。

我决定给它一条生路

关闭水龙头

看它如何自救，如何逃得不见踪迹

然后，我继续洗头

落下的头发

乌黑，细长，光滑，柔软

却完全没有求生的欲望。

一个瓶子和一些瓶子

一个瓶子跟另一个瓶子

不会说话。一个瓶子跟

另一个瓶子不会恋爱。一个瓶子

不会喜欢上另一个瓶子

一个瓶子不会打翻另一个瓶子。

它们不干人类干的一切事情

一个瓶子与一些瓶子

立在一起，不会生，也不会死。

我长久地看着它们，我怀疑

它们有很多秘密

琥珀色瓶子有琥珀色秘密

白色瓶子有白色秘密。我

看着它们。那么从容，笃定

我怀疑，世界其实是它们的。

濒危物种

坐在海底

就会被海水包围

头顶都是鱼

鱼不开口说话

像我们一样

这个时候

谁发出声音

谁就会吓我们一跳

青皮树成片立在那里

比皇帝古老

皇帝越来越少

皇帝后来灭绝了

青皮树还在

活着

看着鱼

和从海底上来的人

情 人

总也买不好红薯

那种煮熟后

又甜又软的

在早晨

散发着爱人的芬芳

我换不同的地方买

菜市场，超市，餐馆

十次可能会碰到一次

我买到好的红薯

我喝着咖啡吃它

喝着米粥吃它

红薯冒着热气

一副很愿意被我吃掉

一副适得其所的神情

这让我想起

婚礼上

那些对着众人发誓的情人

他们说"我愿意"

在玫瑰和百合之中

这三个字

散发出的

正是好红薯一样的热气

绝 技

做久了人类
我暗暗羡慕起其他一些物种
它们非凡的能力

比如蜘蛛
可以吐丝
可以长久地挂在天花板上

我找了一间暗室
偷偷练起蜘蛛的动作
为了学会爬墙走壁
我用去一堆白花花的时光

一天，暗室进来一个窃贼
他东张西望
以为这是一间空房子

我决定不放过
这个检验自己功夫的机会
我将四肢展开

紧贴在天花板上
并故意弄出若有若无的响声

他一抬头
马上吓得魂飞魄散
我迅速下落
飞到地面时
他气断命绝

这个结局
让我悲伤
身怀绝技的我
显然不再适合混迹人群

海给我们什么

天完全黑了
我们面海而坐，谈古论今
一道道海浪滚动着
扑向你我，又在不及我们的地方退了回去
大海似乎要送给我们什么
而我们肯定是愧于接收

去年也有人死在海里
听说他从此不再干渴

钓　鱼

在一个好天气
选一个好池塘
拎一只空桶
挖一小碗蚯蚓
带上长鱼竿
钓鱼只需要准备这么多

钓大鱼，钓小鱼
钓贪吃的鱼，钓无所事事的鱼
钓愚蠢的鱼，有时候
聪明的鱼也上钩
钓愿意上钩的鱼，不愿意上钩的
你们应该跑得远远的
如果被我钓起来
照例被扔进空桶里去

钓不说话的鱼
钓不反抗的鱼
刮鳞，剖开，清除内脏
熬汤，红烧，煎烤

吃下去，我吃得很安全

钓今天的鱼
钓昨天的鱼
将来的鱼，我将来再钓

两只蛞蝓

两只蛞蝓相互缠绕

倒挂在栅栏上

一只从体内伸出白嫩的生殖器

另一只也伸出自己的

它们合二为一

欢娱着

像两个越抱越紧的人

不说爱，也不说对末日的恐惧

清　洁

死去的人留下的房子

需要清扫

抹去他的指纹

擦去他的脚印

开门开窗

让风进来

吹走他的气息

他穿过的鞋子，衣服

睡过的床单被套

用过的毛巾

都收拾起来

拿到空旷的地方

点一把火烧掉

取下挂在墙上的照片

用布包好

塞进抽屉的最里面

死去的人

才算是彻底死了

为他善后的人

动用扫把，抹布，水和泪水

做完最后一个动作

从来没有

这么干净

那死去的人

看着自己

越来越轻

越来越薄

一个肉体

终成灵魂

一个人

一个人失踪了
一个人要寻找真相
一个人不停地找啊找
挖啊挖，一个人到了很远的地方
很深的地方

一个人从此可能永不见天日
他被关进
秘密的黑匣子
那里上了一千把锁，一万把锁

一个人他天天思考
谁是那制锁的人、上锁的人、能开锁的人
有时候他相信有答案
有时候他相信没有答案

一个人因为爱这个世界
而痛哭
而擦干眼泪
他形销骨立，老得比光阴更快

第四辑：总有人

（2016—2017）

表 达

摩卡是一只泰迪狗

我养它，它爱我

它一见我，就跳跃，就伸出温暖湿润的舌头

舔我的手，舔我的脸

甚至想将舌头伸进我的嘴巴里

一只狗，表达爱的方式

居然和人一模一样

比如在它喜欢的人面前伸展四肢

比如躺倒，露出白嫩的肚皮

这个时候的摩卡，四肢空无一物

肚皮一览无遗，你可以轻易取走它的性命

情 诗

梦中是一个考试场景

除了我，周围的人都在埋头答题

监考官摆着一张上帝脸

答不出题的人

是等着被宽恕的人

所有人只有你最善良

所有人只有你暗恋我

你坐我旁边，递给我一张黑色试卷

纸是黑色的，试题的字是黑色的

你帮我答出的题是黑色的

没有人看得出你向我表达了什么

你献出了最神秘的爱

比利时

听说比利时

阳光灿烂的日子

屈指可数

那里总是

云越堆越厚

雨越下越多

在我居住的地方

想起比利时这个国家

那么小，那么湿

那么遥远

在那里，我没有一个熟悉的人

如果我写一封信寄去

那信就会带着雨的味道

消失不见

梵高的信

梵高的信写到 169 页

"我老是想念你"

"我相信，出头的日子

总会到来，即使到处碰壁"

收信人只有一个，亲爱的提奥

多么孤独。在荷兰

向日葵甚至燃烧起来了

写信人还在写信

"亲爱的提奥"

"我正在第五次画

摇摇篮的妇女"

"我要画这样一幅画

好像一个水手

在脑子里

想象他在岸上的妻子"

这是 444 页

信还没有写完

那只被割掉的耳朵

离开梵高先生

已经有了一些日子

礼 物

你为我揣来一块石头
说这是一颗柔软的心
你为我点燃一把火
说我应该知道冰冷是什么样子
你还带来一小段河流
一小块高山
它们看起来
孤单，无力，弱小
你说，爱它们
虽然它们不一定需要

我答应
我会献上各种各样的爱
干渴
枯萎
闪闪发亮
柔软
冰冷
破旧残缺
我在人世活了很久
我是一个富有的爱的使用者

夜　雨

半夜的时候
下了一场大雨
我被惊醒
世界变得不一样了
到处都是响声
到处都是亮的
在一片漆黑中又响又亮

有越来越多的雨
从最高的地方
落到最低的地方
没有停下来的意思
神啊，你全知全能
为了改变这个夜晚
你动用了多么大的一笔财富

灯光鱼

天黑了，渔民们

来到海边，张开网，点亮灯火

明晃晃的一片光，令四周更加黑暗

一群鱼游过来，自投罗网

又一群鱼游过来，落入网中

那光成了致命的诱饵

而海始终沉默，不说出渔民是为捕鱼而来

灯光鱼是为追逐光明而死

斑　点

有没有一种药，是能够消除斑点的呢
比如消除墙上的斑点
脸上的斑点
心上的斑点
消除那些明明存在
却看不见的斑点

消除它们
墙就像是刚刷好的，等待新人来住
脸是没有经历风霜的，你也许还可以爱
一只鸟在天上飞，越来越远
它将自己变成斑点，它继续飞
斑点就不见了

迷恋斑点的人叫伍尔芙
她一辈子写小说，生病，投湖
为了回忆一个斑点
她不得不想起炉子里的火
玻璃缸里插着的菊花
她知道，所有的陈年往事，都在斑点里

坠 落

那些不想活的人

那些活不下去的人

那些飞机失事的人

那些失足的人

那些冒险的疯子

那些被射中的鸟

那些断线的风筝

那些声音

那些遗言

那些雨

无边无际地下

洪水泛滥

因为有太多

不想活的人

活不下去的人

飞机失事的人

失足的人

冒险的疯子

被射中的鸟

断线的风筝

太多的声音
太多的遗言

台 风

台风快要来了

门窗必须关紧

食品和水必须备足

蜡烛和手电筒

必须放在顺手的位置

马路上的广告牌最好是取下来

树木也需要加固根基

杂乱的枝丫干脆砍掉

危房就让它空着

如果有牛羊猪狗

就赶回圈里

如果有远方的亲人担心

就向他们报一声平安

作为一个多次历经台风的人

应该像一个多次历经恋爱的人

在新的一次来临之前

保持镇静

有条不紊

抱着必败之心

造着能赢之势

恩　典

捡回一棵仙人掌，就要备上一个花盆

备好土，再备好水

就要请出一个种它的人

最好的事情是能够喜欢上它

它的前半生是绿的

就要保证它的后半生也是绿的

它曾经在路边等待末日，像一个没有家的人

以后就让它在一间房子里等待末日

像一个有家的人

总有人

住在海南岛

想起喜马拉雅山

那是一个多么高远的存在

终年积雪

那是一个多么冷的存在

总有人向着它而去

一直向上

有人死在半路上

有人登上了峰顶

总有人向着海而来

与登山者不同

他们喜欢

站在海边看海

他们不会一直向下

下到深不见底的海底世界去

爱

咖啡豆，到这里来
到我的屋子来，到我的桌子上来
让我磨破你，磨碎你
碎成沙，碎成粉，粉身碎骨。

我冲泡你，喝下你，吸收你，又排泄你
我先叫你一把咖啡豆，再叫你一勺咖啡粉
然后叫你一杯热咖啡
每一种称呼都是爱称，我爱你——

叛逆者

我的胸口

长出一个人头

有鼻子有眼

嘴唇比我的嘴唇还苍白

我左侧乳房不认识他

右侧乳房也不认识他

他们都不开口说话

不问来路

不说去处

我去看医生

咨询这多出来的部分

是怎么回事儿

外科医生让我去内科

内科医生让我去妇科

妇科医生让我去神经科

在神经科

医生说这是疑难杂症

我去找算命先生

先生告诉我

我体内

长出的是一个叛逆者

我的后半生

将由他带着走天涯

老　虎

离森林远一点

离到森林的路远一点

离动物园远一点

离动物园的门远一点

离老虎远一点

离老虎的眼睛远一点

离它的爪子远一点

离它的牙齿远一点

离它的沉默远一点

离它的嚎叫远一点

离一只老虎远一点

离它的孤独、压抑、不如意远一点

它孤独、压抑、不如意很久了

它的愤怒将一触即发

橡胶树

我根据一些刀痕来辨认橡胶树

丛林里，我在橡胶树的身上找到了刀的余光

拿刀的人已经走了

拿刀人留下伤疤给我看

让我抚摸，让我在众多的树中

找到橡胶树

在众多的伤口中

找出最深的那道伤口

找一个地方

我想找一个更小的空间
比现在还小

找一个更少人的住处
更少的声音，更少的往来

我想找到更深的孤独
比现在我所有的孤独都还要深

只有一条路通向那里
其他的路都通向别处

只有星光月光照向那里
其他的光都照向别处

我要学会喜欢上这
近似于墓穴一样的地方

让自己成为一个
不再贪生怕死的人

改 画

画一张油画时
每一个败笔
都来自我走到穷途末路时
不甘心回头
不甘心放下

我用更深更厚的颜色去遮盖那个败笔
颜料越堆越多
在整个画布中
形成一个凸起

如果还是穷途末路
我就拿起画刀
一刀刀刮着凸起部分
还是不回头，还是不放下

女 儿

女儿生气时
会说"你为什么生我"
如果是生我的气
她就说"我可没有让你生下我"

这是生者和被生者的关系学
我无言以对
我还远没有掌握那深不可测的道理
远没有学会做一个轻松的母亲

我只是不停地爱她
学习做她喜欢的食物，聊她乐意的话题
我得强大，健康，长命
看着她恋爱，结婚，生子

我押给这个世界的人质
就是这个孩子
我得不停地祈祷
即使"大笑和寂寞很相似"
行善和作恶的人都没有带给我们想要的结局

空 虚

不可避免地，有时
我们感到空虚
我们似乎应该谈一谈马
谈一谈如何喂养它
为养好它，我们如何不可避免地
发生争吵。我们如何重归于好
又为之受累，流汗
不可避免地，在马还没有买回来之前
我们将为买一匹什么颜色的马
而成为反方和正方
我选择了白色
不可避免地
我说，它必须有
雪白雪白的毛
像真的雪，可以融化

婆　婆

婆婆坐在她的轮椅上

在二〇一七年的夏天

海南岛的热风

吹进屋里

又被空调反复地降温

她双脚水肿，腹部积水

众多的老人斑

让她的脸仿佛落满灰尘

生病和老迈，像亲姐妹一样

不离左右，照看着她

她没有力气说滚开

她将头靠着椅背

灰发和白发垂了下来

摔坏过的股骨弯曲着

足够丑陋，但她

正努力吃着饭菜

医生说，八十三岁，足够老

不用再动刀子了

让她吃好喝好

尽量减轻肉体的疼痛

谁都看得出来

她肉体深处

一天比一天贫瘠，衰败

她生育过三个孩子

其中一个被我爱上

这是奇迹。她老得

这么彻底，无望

像一本残旧的生育史

不可修复，也是奇迹

美术馆

终于看到了不朽
在美术馆。在墙，廊道，拐角
终于看到不朽的男人和女人
不朽的生活和时光
不朽的树，枝叶不动
不朽的花，开到没有香气
当你在美术馆走动
你看到，不朽的水
就是不再流动的水
不朽的语言，颤动着纸质的翅膀

离乡行

那时多年青

从不考虑生死

女儿尚小

远没有到叛逆期

父母可以永远活着

想吃他们做的饭菜

就回一趟娘家

一部《泰坦尼克号》电影

重复看七遍

那时，杰克和露丝

鄙视金钱

貌美如花

男不言婚，女不言嫁

爱情饮水饱

那时，做梦

都想离开湖北

不离开，就找不到他乡

不离开就找不到故乡

目睹一只鸟的死亡

榕树下，它扑打着翅膀
但飞不起来。它开合着尖喙
但发不出声音

昏黄的路灯没有照亮它的身体
而是在它的周围形成一个光圈
它在暗处，挣扎

树很大，光很大，世界很大
只有它，是小的
它倒在一小块草皮上，闭上眼睛

我，一个路人。伸出上帝之手
要救它，带它回家
为它准备一个纸盒、小米和水

但它已经筋疲力尽
安身之所，食物和上帝都来得太迟
它像一个来历不明的难民
死在它不熟悉的国境线上

老房子

一间房子

声音可以随便来去

老鼠饿了

夫妻吵架了

电视亢奋了

电话响了又响

楼上住了一个不懂礼貌的人

有时往下撒灰尘

有时往下洒水

隔壁住了一个外地人

她下午三点

开始做饭

半夜的人进入

钥匙插进锁孔

旋转。听起来很费力气

在白天

房子内外聚散频繁

每一次聚散都不安静

声音抱着声音

声音扑打声音

声音碰撞声音

声音安慰声音

我的小狗

发出反抗声音的声音

房子一声不吭

房子不停地衰老

寂静的事物

寂静的事物是黑衣白花

一枝鲜白菊

像一个人那样

悼念

另一个人

寂静的事物是低下的头

合上的眼

是一个人退场后

余下的时间

和多出的空间

是停止敲打的锣鼓

熄灭后的鞭炮

是无声的

深邃的

沉向大地的肉体

升向星空的

魂灵

利百加

如此平常的一天。利百加头顶水瓶
来到水井边打水
有牵骆驼的人
向她讨水喝，她就给他
讨水的人说他的骆驼也渴
她就又给他水喂骆驼

利百加不知道自己
会被神选中
她做着她喜欢做的事
把水献给路人
干渴的人，需要的人

神看到了这一切
将一个叫以撒的好男人交给她
让他们结成夫妻
利百加怀孕后，神对她说
"两国在你腹内
两族要从你身上出来"

绕 道

出租车司机把车子开到
一条错误的路上
提醒他后
他在一条更错误的路上
绕圈子，离我要去的地方越来越远

开始，我当他是善人
想与他据理力争
后来，我看出他更像是恶人
就强烈要求下车
当我回到家
当我冷静下来后
我觉得他是可怜人，决定放过他

废弃物

打扫房间，走道，楼梯，庭院
最后被归为一堆的
枯叶，废纸，落发，烟头，碎玻璃
饭粒，灰烬，浮尘，水果皮，烂菜帮
这些脆弱的，陈旧的
细小的，尖锐的
甚至散发着异味的废弃物
全部来自我们
来自我们的具体，平凡，琐碎
也来自我们的虚无，高蹈，完整
枯叶是我的，废纸是你的
碎玻璃是我的，烟头是你的
落发，饭粒，灰烬，浮尘是我们的
水果皮，烂菜帮也是我们的
既然随时都可以死
就不用急着去死。就活着
就脆弱着，陈旧着，微小着，尖锐着
相依为命。你是唯一，再也不会有了

第五辑：杀死一个海

（2018—2019）

秘　境

你对我多次提到木麻黄

你说记忆中的海边

长了大片叫

木麻黄的树

你一边说一边用手比画

那树的高矮

那树林的大小

那海边的寂静

你说，星空下

只站着木麻黄，和站着你

我看到星光

在你的眼睛里闪烁

一次，我们在海边走

你指着一棵像松树的树

说，这是木麻黄

又说，没有被砍伐的树

就是命大的树

我止步，辨认

想象着一大片树

如何变成一排树

一排树如何变成一棵树

一棵树如何

等待那个砍伐它的人

在上海

上海有一条多伦路
原名窦乐安路。
当代艺术馆对面是老咖啡馆。

大红色桌布
铺在每一张咖啡桌上。
鲁迅和进步青年的雕像立在门口。
阳光照着屋顶
像刀锋连接着刀柄。

海　鸟

海鸟在海面上飞时
是变化莫测的
它们的下一个动作
下一个方向
是我的未知世界
它们飞了又飞
一大群
在阳光中熠熠生辉
看起来，不仅仅
是为了活着
也绝不是
为了成为好看的银子
也不是为了让我看到
然后说给你听

布偶猫

纯种布偶猫，拥有盛世美颜
身价昂贵。其中一只
从一个著名城市的
一个富足人家的
七楼掉下来，摔死了
当它看到那个没有关严的窗户
就跳了上去
当它看了一眼外面的世界
它的灵魂
就先于它的身体长出了翅膀

船

这几天，总有几艘船停在海面
日照下的船身
有的红色多一些
有的黄色多一些
明艳和沉静。我认为
它们停在那里
因为阳光和海，船才成其为船
或者，此时此刻
因为这些船，阳光
才成其为阳光
海才成其为海，虽然
阳光大于海，海大于船

这一天

他杀死女孩后，对抓他的警察说

女孩吊在天花板上的样子

像在为他跳芭蕾

这是我今天知道的

最难受的事情

也是最可怕的事情

那女孩如我，恐惧地颤抖

绝望地痉挛

双眼渐渐熄灭亮光

那被称为父母的人，如我

心如刀绞，彻夜痛哭

从此一边活着，一边挖着墓穴

一边活着，一边埋葬着自己

启　示

我养的白掌，快被太阳晒死了

叶子下垂，没有水分，没有光泽

那时，我正读《圣经》

约瑟的哥哥们

从埃及返回迦南地

驴子驮着粮食。当他们发现

买粮的银子仍在各自的口袋里

便惊慌自问，这是神向我们做什么呢

我被这句话触动

起身离开沙发，就在那一刻

我看到了

花盆里的白掌，正在受难

大　海

没有什么比海

更适合蓝色了

如果是在酷夏

海，几乎是最蓝的

而且只涌起低矮的波浪

女士们先生们

在烈日下暴晒

几乎一丝不挂

烈日的舌头舔遍他们全身

有一个孕妇

穿宽大的蓝色孕妇裙

遮盖住

隆起的胸部和腹部

她正孕育着一个大海

阳光正好

草地上，我和我的小狗

并排躺着

晒太阳。我们的身体被晒得

软绵绵，暖洋洋

阳光正好。我和它心满意足

在这盛景美意中

千万种事物都是沉默的

阳光也是沉默的，它只是直直地照下来

小狗便有了我的尊严

我就有了小狗的天真

四年前

四年前，我们在凌晨四点的时候
看过一次月亮。在海边
对着海平线，黄昏时太阳落下的方向
清风拂面，四周太安静了
只有月亮在天际滑行的声音

四周太干净了，只有月光浮出海面
我们要生死与共，相爱一辈子
当时我们这样想。当时月亮在我们的正前方
离我们这么近。我们不敢说话
似乎一开口，眼前的一切就会分崩离析
爱，也会分崩离析

在日本

1

男人穿藏青色和服
女人穿葱绿色和服，小孩子穿浅粉色和服
一家三口，这样好看地
隆重地出门。他们见人
必微微鞠躬，轻言细语，点头浅笑

2

晚饭后，在周边小范围内逛街
到便利店又取了上万元日币
路上，静悄悄的
只有一对年轻男女手扶单车停靠在路边
应该是一对恋人，或者
肯定是一对恋人
小小便利店灯火温暖。有自助式现磨咖啡
有书架，鲜花，贩卖机和取款机……

3

去新宿。又去免税店
一路上，随处可见
"江户""银座""新宿"等路牌
感觉随时可遇见
村上春树，东野圭吾所写到的
那些孤独的人，寂寞的人，满怀秘密的人……
可遇见小津安二郎银幕上的
那对上了年纪的老夫妻
和他们在东京打拼的儿女们

4

去大名鼎鼎的银座
是在看完一本东野圭吾小说之后
其中最美艳的女二号
在银座开西班牙餐馆
她将一个比她年轻十多岁的男雇员

迷得神魂颠倒

她，被这个男雇员杀害

5

九月，在银座

用手机拍下

摩天大楼。制服女孩。和服太太

情侣。奢侈女郎。红衣男子

海尔集团广告牌。三宅一生专卖店

走来走去，漫不经心的

白鸽子和灰鸽子……

6

听说日本的温泉酒店常常闹鬼

比如没有人住的房间

突然传出女人唱歌的声音

《午夜凶铃》里，白衣长发的女鬼贞子

是不唱歌的，贞子凄美，无助

总被困在井里

那一夜，她没有来到我住的房间

7

去金阁寺

就去三岛由纪夫写的

那个金阁寺。去那个结巴小和尚

烧毁了的金阁寺

在那里，美先让人心痛

再让人心碎。在那里

美是孤儿

她住在空间之中，时间之外

8

我有一个美丽的朋友

被京都人的生活方式感动到哭

她坐在京都人家的门槛上

一心一意地哭。和我一样

她记起了荷尔德林的诗句

"自然充满着时光的形象

自然栖留，而时光飞速滑行"

开　花

她跟我一起，并排走着

突然她的手臂开了一朵花

她的颈部开了另一朵花

非常美，她已经不是正常的女子

她已经不能正常地

与我并排着在外面走

她比我美多了，因为

她的身体，到处都可以开花

现在，她要么将自己插进花瓶

要么，别人将她插进花瓶

空房子

一间没有住过人的房子
没有人在里面
做过饭吵过架
没有人在里面做过爱
它是新的。真是太浪费了
风总往房子里吹
风仿佛在寻找一个人
光也照进来了
像一支手电筒
那样对着白墙晃动

余 晖

海面上全是夕阳的余晖

看起来，海边的游人

也全被玫瑰色的余晖所吸引

有的人用手指着夕阳

给另一个人看，有的人拿出手机

将这一刻拍下来

在海边，我总遇见那个

坐在轮椅上的年轻人

因为安静，活得像一株植物

看起来，他对余晖无动于衷

他的父亲来回推着他

因为平静，他的父亲

看起来格外温和，温暖，

仿佛余晖进入了他的身体

另一个名字

几次看向高空，云

都是静止不动的

在浅蓝色的天上

云静止得

简直不像云。也许它是可以

叫另一个名字的事物

比如哲学，审美

正在做着的白日梦

比如我，长时间的痴情

又长时间的无情

一个大帝国

留下的，悲欢絮片

隐 形

天快黑的时候

我看到天空只有一颗星

高悬，孤立，散发着微光

像一只唯一留下来的鸟

天终于黑了，已经

看不到其他的鸟

或者是，已经看不见其他的鸟

一只鸟变成一颗星星

是一件非常好的事情

天越黑，它越亮。它具有了

我所向往的骄傲和永恒性

飞行器

睡得正香的时候
我被你惊醒
感觉你一下子在床中坐起
说，这飞机飞得太低了
飞翔的声音就在屋顶
甚至能感觉到床的颤动
但它不会撞上我们
我说，这里是安全的
我指着房子。这里是安全的
我指着床。这里是安全的
我指着心。这里是
安全的，我的手停在半空
寻找下一个着陆点

天　涯

在草海桐旁边铺上一块花布

在椰树下搭建一个小人国

没有君王，臣子

只有矿泉水，手机

只有 44 公斤的我，和 4.4 公斤的

我的小泰迪，坐在花布上

耳听六路，眼看八方

只有海在前方，再前方就是另外的国

新加坡、越南、菲律宾……

如果我 180 度转身

一个大国最南端的路

中国，海南，三亚湾路在我的面前

繁忙，喧哗，炙热。几乎每一天

我都走近它，穿越它，离开它

我穿越三亚湾路

向小人国走去，又穿越小人国

向大海走去，将脚伸进太平洋

就那么放坏了

红色漆皮包，我很少用它
它被放在书架的一格
和几本书在一起。日久天长
开始掉皮，掉越来越多的皮

这是我今天偶然发现的
我去取毛姆先生写的书
月亮和六便士，这些几乎不会被放坏
这些几乎总是放在心里和抓在手里

养动物

你动了

养动物的心

问我是否可行

会不会影响

日常生活

我如实告知

养动物的难处

上个月我的小泰迪

左眼受伤一次

右腿脱位一次

连续七天

带它去宠物医院打针吃药

做手法复位

我说，养动物前

我必须提醒你

需要足够的时间

足够的精力，足够的善意

我也如实告知

养动物的好处

比如我的小泰迪

天真好奇

聪敏善感

仿佛一个诗人

我说，我养狗

是因为

我确实喜欢狗

我觉得

养孩子如受恩

养动物如救赎

淹 没

7337 次列车 4 车厢的

11A、11B、11C 位置上

依次坐着一个陌生男生

我，和我的女儿

男生一身黑衣

戴耳机，始终

悄无声息地刷手机

女儿穿长款黄色 T 恤

始终在看一部美剧

英文对白中

交杂着惊叫声，喘息声

痛哭声，和狂笑

那显然是一个

不平静的人生。我

望着车窗外飞逝的

草木，以及海水

在重构一首诗。它最初

是辩论性的，现在是描述性的

这期间，列车进入隧道

发出轰隆隆的声音

比美剧对白更响亮

比惊叫声，喘息声

痛哭声，和狂笑声都响亮

淹没了所有

吃空气的老鼠

遇上一只老鼠

这让你惊讶

它是小的，灰色的，灵巧的

不怕人的，不藏在暗处的

看起来还没有通过偷吃

获得食物的一只老鼠

它跑到你铺在草地上的浴巾上

在你的尖叫声中

它立刻离开浴巾

看起来它不是逃跑

而是不屑于

在一个不欢迎它的地方停留

它往沙滩的方向跑去

在上午十一点

看起来

它闪烁着

一种鼠灰色的光

你说"真美妙"

它干净得仿佛只吃过空气

栅　栏

栅栏的样子很奇怪

像是长在那里

它没有根茎

不蔓延

不长叶子

不开花，不结果

在时间之上

只呈现新旧

不呈现生死

在我将它

无限放大的

某一个瞬间

它与古希腊神庙遗址的柱子

重叠

它们有了

毋庸置疑的相似之处

回 答

"要爱你们的仇敌"

我有仇敌吗

"有人打你的右脸，连左脸也让他打吧"

挨打后，我还有力气送上左脸吗

"你们当中谁没有犯过罪，谁就可以先拿石头砸她。"

那个等着别人扔石头的女人

那个捡石头去砸人的人

那个放下石头，转身走开的人

我更像是哪一个

大半生过去了

大半生捡石头，丢石头，绕过石头

和被石头绊倒

仍然没有脱口而出的答案

我悲伤于

我良善的朋友遭遇不测时

我发不出哭的声音，我不让自己发出痛哭的声音

杀死一个海

杀死海

杀死它留有

海草味的嘴巴

杀死它蔚蓝色的眼睛

它正看着我们

它的眼睛过于大

过于深

过于干净

像一个孩子

面对一个

眼睛又大又深又干净的海

我无力举刀

我泪流满面

我一生

只能是这样一个人

海被别人杀死

如此疲惫,如此亲密

从洗衣机拿出洗好的衣服

你的裤腿

紧缠着我的衣袖

我试图将它们抖开

分成裤子是裤子，衬衣是衬衣

分成你就是你，我就是我

然而，越抖它们缠得越紧

似乎要变成一个死结

生活中，我也常有

挣脱所有羁绊的念头

去过一种完全属于自己的日子

然而，每一次出门

每一次离家越远

离家时间越久

就越记得清楚回家的时间

我从没有告诉过你

这些感受，包括今天你的湿裤腿

与我的湿衣袖缠绕着

如此疲惫，如此亲密

仿佛它们就是我们

依照惯力，在生活狭小的空间里打转

如你我最亲密时

那种场景，姿势

和要抱成死结的渴求

黑　洞

近几天，人类拍下了第一张宇宙黑洞照片

维基解密开放数据库网址

巴黎圣母院着火

近几天，我家小狗大病初愈

我家男人去法院送起诉状

我家女人找装修公司翻新旧房屋

近几天，一个完美的卵子遇到一个完美的精子

一个出生于 1989 年的姑娘即将怀孕

我在 2019 年 4 月 16 日写下这九个句子

噬　咬

白蚁痴迷于噬咬门框和家具

乐此不疲

它们狂欢，高歌，满足

幸福得满嘴都是木屑

多余的木屑落在地板上

它们和木屑一样小一样多

它们制造木屑

并使门框和家具变了样

家也变了样

我比它们大很多，比它们孤独

有时，我无诗可写

就住在被

它们改变了的家里面

体会一种复杂性。任何事物被噬咬后

都会变得比以往更复杂

母亲和母亲走在一起

我的生母和我的养母

在一起

八十多岁的两个老人

都背着手，都含着笑

一前一后在菜地上走

太难得了，千金一刻

仅仅看这张照片

我就流下泪

我就知道她们在喜悦什么

和心痛什么

菜园的蔬菜长势很好

而我，依然离得很远

这两个女人因我

大半辈子的

人生发生了交集

她们互称姐妹

她们拥有一个共同的女儿

是一种什么感受

我从记事起就知道

我有两个母亲

又是一种什么感受

没有什么恩情能比这更厚重了

没有什么幸福

能比人间的我们

更复杂，更单纯

一块鱼从 A 地前往 B 地

一块鱼离开一条鱼从冰柜里出来

裹上一个保鲜袋

外面又套上一个保鲜袋

一块鱼进了旅行包

然后上了和谐号列车

一块鱼从 A 地前往 B 地

从 A 地到 B 地需要两小时

一块鱼离开一条鱼它去旅行

在旅行中它渗出血水，变软

开始苏醒。隔着袋子

我触碰到它从里往外冒出的冷气

冰凉，无言，凝结成泪珠

一块鱼彻底苏醒了

该怎么办。它不完整

挨过刀子，又被困于

方寸之间。它既不能游动又没有海

看到波浪

有人将莱昂纳多·迪卡普里奥的
新旧照片并列放在一起
发到朋友圈，却一句话都不说
我一个人扳着手指
默默算了算两张照片相隔的时间
是二十二年。那时
他是那个样子，现在他是这个样子
我也如此。有人一眼就看出
我迷恋过的男人已经老了
有人发出一声叹息"岁月啊"
无人应答，无神应答
抬眼看，我没有看到风
我看到的是，海面皱纹一样的波浪

致女儿

我把我所有中

最好的东西给你

我手里的苹果

我一定把那个最香甜的递给你

我写下的诗

我把那首最温暖的留给你

我祈祷

我在心里默念神的名字

是因为别的

更是因为我有你

没有判断地对你好

没有选择地

对你好，决定一生都对你好

是因为

在你之前，我没有真正爱过一个孩子

爱上一种小动物

是因为有你的世界和

没有你的世界

不是同一个世界

作为母亲的我，和不是母亲的我

也不是同一个女人

活过的刹那

保罗·奥斯特说

每当有人问

其朋友斯皮格曼为什么要抽烟时

他都必答

因为我喜欢咳嗽

读到这里，我哑然失笑

多么可爱的人啊

知道自己的弱点，并为这弱点辩护

知道自己不可改变

就接受改变不了的自己

你为什么要写诗

因为我喜欢独处

因为我喜欢自言自语

因为我敏感，脆弱，易受伤，我

喜欢自我疗伤

我试着有人那样问

我试着自己这样答

活过的刹那

一个刹那，又一个刹那

我知道我，在干什么

前世档案

在前世
我的性别仍然为女，只活到 26 岁
身份为舞女

在前世
我有一个美艳女子逃不脱的命运
被朝廷派往敌国，用曼妙身姿去化解敌我恩怨

在前世
我从马背上跌落，终结了舞艺

在前世
我爱情不顺
被万人追求，在众人里寻他

在一款"前世档案"的 APP 中
我得到以上信息
我相信是真的

因为今生的我

本能地躲避社交，远离庙堂

从不骑任何动物的背，满足于只爱一个男人
并且活过了两个 26 岁

情感测量

狗啃骨头的时候我不打扰它

它睡得正香的时候

我也不打扰它

除非它已经放下了骨头和睁开了眼睛

我会抱抱它或者摸摸它

有时是我主动有时是它主动

每天一次我和它在外面

几乎沿着一条固定的路以

一种固定的模式行走

有时它走在前面有时我走在前面

这都说明不了什么

好时光用在啃和睡上与用在抱和摸上

好时光用在不停地走上，以此测量情感的温度

以此感受到满足

运 土

我运了不少土回来

倒进家中

两个空花盆里

散步时，我

随身带上铁铲和塑料袋

顺便挖回一些土

积少成多

几次后，两个花盆

就装满了土

我准备种上好看

又好吃的蔬菜

我的一些同事

上班之余或者退休以后

都在小区周围

见缝插针地种菜

我偶尔写诗

有时站在窗口

看他们在各自的菜地上

忙碌，浇水和采摘

我向他们打听过种菜的技巧

他们中从没有一个人

哪怕一次向我打听

写诗的技巧

现在，我运土

我想体会一下他们

种菜的快乐

他们绿油油脆生生的快乐

那么直观和具体

看得见，也抓得住

我吃过他们送给我的菜

但我从没有想过

回送给他们一首诗

世间万物

差异在于此

我和他们，仿佛约定俗成

都固守着这差异

蔬菜在阳光下茁壮成长

一首诗在

幽暗之处艰难出生

火车去哪里

坐着火车，想起

另一个坐火车的女人

她金发碧眼

因为恋人出轨

而离家出走

她将自己用过的东西

分别装进一个个大号垃圾袋

房间越来越空

垃圾袋越来越满

很多个黑色垃圾袋鼓起来

靠着垃圾桶

她扔掉身上的旧衣服时

让我联想起一条蛇

怎样蜕去旧蛇皮

幸好不是冬天

幸好她不悲伤

靠着车窗，我想起

我确实见过这样一个女人

在一部法国电影里

穿一身新衣上了火车

她决定去意大利

古老的那不勒斯

生活继续

早晨起床

开房间里所有的水龙头

洗手间一个

厨房一个

阳台一个

都不出水

显然是停水了

可能整栋楼都停水

甚至整座城都停水

生活继续

虽然没有水喝

没有水刷牙

洗脸

冲厕所

煮不了牛奶

和咖啡

生活继续

开冰箱

找不用水

也能咽下去的食物

我选择

用一个鸭梨

搭配两片原味面包

不管怎样

我选择将没有水的一天过好

而不是过坏

我选择

将今天

当成最后一天

所以问题

迎刃而解

第六辑：榆亚路 63 号纪事

（2006—2007）

瞬　间

如果我是张羽希
如果我还不满四岁
如果我在海边玩沙子
如果你叫我回家
我会说，啊，不！

五十年以后

五十年以后
和土壤在一起
无名无派，天彻底黑了

五十年以后
置身于荒山野岭
想起五十年前的那个江湖
时而月黑风高时而风平浪静

五十年以后
不哭不笑不吵不闹
爱过的人，在另一个山冈
沉默得如我睡过的泥土一样

黑

把黑穿成一种风格

或者练就一种表情

都是幸福的事

我乐此不疲地做着这个游戏

在一堆黑里组装拆零再组装

安娜一个，嘉宝一个

还有一些陌生的女人

她们乖乖地在衣橱里排队

收腹，挺胸，窃窃私语

执意一生都保持完美的姿势

有时，我甚至把黑当成一种宗教

在凌晨三点，沐浴，更衣

然后深深地埋进睡眠

黑抱着我，我抱着黑，不松手

暗　红

暗红。我想抓住这个词语
像抓住多年前的一个夜晚
也是冬夜。我曾经鲜红过一次
多么遗憾，还来不及暗红
便稍纵即逝
现在，我只能把暗红涂在指甲上
十个。让她们
在月光下踢腿，旋转，尖叫

春

她比云重

离开泥土便不能生存

其实她更接近一条虫子

在花心里造房

在叶子上生儿育女

生活紊乱

宁可错爱三千

也不虚度一晚

嘘，不要出声

绿正在一寸一寸地加深

擦 拭

擦拭青瓷也没有这样的快感
或者擦拭眼泪，污迹
擦拭暗淡无光的日子
还是不能停止
擦拭你。擦拭一些词语
像擦拭一片又一片爱着的叶子

夜的印象

唱情歌时，进来两个妖艳女子
含烟的眼，燃烧的唇。领口开在乳的三分之一处
露出肉体的白。

她们旋转一周，向每一个男人抛媚眼
微微翘起的眉梢，兰花般的手指，尖锐
像这个夜晚，非同一般。

只是语言不纯粹，男女混杂
暗红色灯光下，看不清谁的脸
那个唱情歌的已经噤声。

竟然发现，夜，是雌雄同体
灯红啊酒绿啊，天涯啊海角啊
只许喝酒，不许流泪。

一支烟

被她拈起，点燃
纯属意料之外。
一支在她手中燃烧的香烟
不是她的四月、五月和六月
在此之前，它仅仅是，一支烟
现在，它多像她遭遇的一次爱情
殷红色的心烧着。
一些青雾随风飘逝，一些白灰脱落下来
然后，进入虚无。
十分钟，它成了她一次感伤的殉葬品
她用一首诗缅怀它的一生
再然后，两两不相欠。

海

就这样疏离着

我无法进入海的腹部

在海边生活八年，与它的亲近

始终没能超过，与一枚发卡的亲近

有一次，我在海边走

一个高高的浪头掀过来

砸给我满头满脸的水

把我变成了一个十足的泪人儿

又有一次，我在海边出神

它冲走了我的一只水晶鞋子

至今，我仍然猜不透它的暗示

有时，站在黄昏的阳台上

我有意或无意地抬头，便看到

海在不远处，林立的高楼

为它腾出一道

狭长的空间。夜灯一盏一盏地亮

海的蓝一刻一刻地加深

最后，完整地深入到黑暗里

这样的黑，这样的静，这样的消失

疯女人

她趴在垃圾桶上
这个疯女人。在榆亚路纸醉金迷的路边
像一粒尘埃

一粒有血有肉的尘埃，一粒知道饥饿的尘埃
在垃圾桶里，奋力地翻找她的
晚餐

在南方或者北方，在某个大家族或者小院落
多年前，她的降生，应该也像一颗星
照亮和惊喜过一些人

花

她打开身体的样子
她半推半就的样子
她随风起伏的样子
她欲说还休的样子

夜晚发生的坠落事件
没有人看见

榆亚路 63 号纪事：无处安放

1. 序

在我剥离最后一件薄衫时

亚热带的花草正当盛年

她们芬芳，浓郁，痴迷于生儿育女

你该知道，在夏天，在榆亚路 63 号

我启用了另外一个名字，听

是不是有一些另外的声音在叫

但绝不是母亲，也可能不是你

大片大片的海水，蓝得要死去的海水

就在榆亚路的右侧。

如果我站在榆亚路上

那些海水的潮气便会扑面而至

你该知道，我曾经目睹了一个十六岁少女

从滑翔伞上

急剧坠落，像一只折断翅膀的鸟，来不及尖叫。

后来我病了。在榆亚路 63 号

我常常梦见自己是一只寄居蟹

孤独地生活在海底中立区。

2. 下午

光线明亮。
天域康体馆，杭州丝绸庄
云博酒吧，瑞琳天然水晶屋
酒店。酒店。酒店。
不要到这些地方去找我，还有
那些行人。那些异国人，异乡人
我熟悉的花之林快餐店和正庄干洗店
这个下午，只有风吹动窗纱
榆亚路63号的铁艺床上，月色一样白。

3. 我不言他

我不言他
只迷惑于眼前的这棵树
它偶尔散发的清香
或者无。我亦不知道它的名字
从榆亚路63号的后窗，望过去

只见它身高五米，叶子很绿。

我问过小 A，关于这棵树的来龙去脉

他语焉不详，说

等有机会，再告诉你。

4. 痼疾

对于痼疾，我不相信有特效药

比如销魂散，止血膏。

我也不相信一阵风拂过了叶子

秋水，就必拂过我的乌发

还有雨，任意地淋湿南方，北方

和我握在手里的一把沙子

它淋不透我的心。

在冬天到来之前，我先冻伤了自己

在一个半山腰上，榆亚路 63 号

开始于美好，未必终止于美好。

5. 无处安放

终于保持了一种沉默的状态
榆亚路两边成排的榕树，榆亚路 63 号窗外的星光
我的丝绸睡衣，洗浴过的身子。
夜深了，无处安放的思念
桂花一样繁密。

八月桂花遍地开，八月桂花如我的爱人
远离住所，远离肉体。

榆亚路 63 号纪事:弦外之音

我又听到那弦外之音
从半山坡的荒草里传来——

1

她侧卧，背向城池
浑黄的夜灯，照着他的离开
更深的梦里
她看见她的男人
是一棵挺拔的桉树
在榆亚路 63 号
她和他，跳着同步舞蹈
在亚热带的植物中生息，繁衍

而事实上
许多平庸或者优秀的言语
堆积在他们中间
他们做着非此即彼的游戏
寻找幸福的同类项
他抱她，如一片叶子

抱着一朵长在高处的花

每一个季节都会疏离或者更改

他们脆弱的性，和爱

2

这是一个漫长的假期

空气中充满死亡的气味

下午四点的太阳，像一只毒蜘蛛

高悬在每一个人的头顶

又一个诗人死了，又一个诗人

放弃了词语，改用锋利的刀

刺向自己的脉管

节日的榆亚路边

墨绿色的公交车站台

一些人鱼贯而上

一些人鱼贯而下

他们背着随身的行囊，神情淡薄

"世上万物，没有什么是可以高枕无忧的"

他说，不是世界选择了我们
而是我们选择了世界

3

黄昏将至
黄昏的厨房，弥漫着湿热的雾气
她被白雾包裹，双手粘着生灵的鲜血
今晚，夜蝠为了求偶会发出超声波吧
在这类幸福的小把戏里
她日复一日地瘦削，扁平

多年前，那个在街头
一晃而过的少女
那个被他称作黄金的女人
此时，在欲望的旅馆
一边默念他出色的诗句
一边想象他并不出色的身体
被时光离析过的红颜
明亮的红颜，悬浮于榆亚路63号
高过眉眼，高过屋脊，高过夜半的言辞

附　录

小心我会反着来

张执浩

衣米一属于那种被突然激活的诗人，时间大概是在
2009 年，究竟因为什么被激活，我没有问过她。总之，
在此之前，她是一个默默无闻的写作者，而在此之后，
一个名叫"衣米一"的诗人就很突兀地出现在了当代诗
坛上。"有衣有米，简单到一"，这是她最近在微信上对
自我的调侃，但我们都清楚，做一个简单的写作者其实
是一件非常困难的事情，因为对于任何一个写作者来讲，
简单并不意味着单纯，而是一种祛除杂芜的能力，它需
要我们有足够的定力、耐心、勤勉，甚至多少还需要一
点"把牢底坐穿"的勇气。一个人可以简单地生活，也
可以把文字写得素净清闲，但如果要你从简单的生活中
提炼出丰富的人性来，的确很难。我对衣米一的跟踪阅
读大略是在编发了她的《今生》之后，在这首直抒胸臆
的诗歌里，诗人毫无顾忌地说出了她的种种"需要"，最
后，她说，只有一种需要"在需要之外远远地亮着"：
"我并不说出/爱被捂住了嘴巴/爱最后窒息在爱里"。这
是生而为人的遗憾，在通往圆满的路上类似的遗憾比比
皆是，而诗歌之美就在于道出这种遗憾之后所获得的愉
悦和满足感。这首诗可以看作是衣米一后来一系列诗作

的根茎，它奠定了这位女性诗人即将破土而出的一批"自白"式作品的情感走向。

　　"我与你一个夏天的亲密／超过了你母亲与你一生的亲密。"这是衣米一在《关系》这首诗里所揭示的生活真相。从两个人的世界中找到三个人的甚至更多人的关系，这是她的强项。与前辈女性诗人不同，衣米一尽管也专注于挖掘情感现场，但她骨子里的意识并不是对自我的解剖，她更喜欢从纷乱繁复的群际关系入手，找到"你我关系"，把性别的对立消化在人与人之间的情感冲突上，然后，她像一个手握刀剪的护理人员，将沾满血迹的绷带剪开，一边挖着别人的脓疮，一边蹙着眉头发出感同身受的叫唤。因此，衣米一的诗比前辈女性诗人更感性，也更性感。这一点在她的诗歌《反着来》中体现得充分而明白："你要小心我会反着来／把夜晚过成白天／始终不肯闭上眼／就这么看着你／／你要小心我把婚礼办得像葬礼／让每一个来宾哭哭啼啼……／／你要小心我提前腐朽／并且，事先藏好防腐剂……"这种近乎歇斯底里的表达很难用"觉醒意识"来阐释，它的口吻是探询式的，它的精神内核是善意的，但同时又是一种血淋淋的呈示。

在我与衣米一屈指可数的几次见面中，我们很少聊到诗歌。我固执地认为，写作这种事情到了一定的程度，外在的力量几乎毫无用处，一个自觉的诗人应该有自我生长的能力，还有自我修复的能力，这几乎可以视作评判一个写作者究竟能走多远的重要指标。你可以为一棵幼树浇水剪枝，但当它长到一定高度后，就需要它为自我塑形了。我从最近编发的她的一组作品里，看见了她在努力调整自己，不再是那个手持刀剪的衣米一了，她开始拿起画笔为自己的诗歌添加色彩。她似乎弱化了诗歌中的声音部分，但强化了诗歌里面的画面感。这样的做法可以使她的作品不再像从前那样尖锐、激烈，但空间感更大。譬如，同样是写关系的《凌晨两点》："我轻手轻脚上床/他还是醒了。他睡意蒙眬地问/现在几点。/我的回答是/一个他可以接受的数字。/嗯，他说/抱紧我/亲我。/我照他说的做了。/亲我/抱紧我。/我又照他说的做了。/做这些动作时/他半睡半醒/我是清醒的。/房间黑暗/他在高处时/像我的教堂/他在低处时/像我的湖。"这首诗已经充满了和解的力量，不再像从前那般剑拔弩张。也许，这就是生活的魅力所在，它会不断地自我校准和修复，你也会根据生活的变化而调整自我。

　　和衣米一年龄相仿、同时出现在诗坛上的女性诗人很多，但像她一样具有自我调整和修复能力的并不多见。相似的阅历，大同小异的生活经验，并不足以保证你的写作出类拔萃，除非你能正视自己的缺憾并加以弥补，或者，横下心来，缺憾到底，最终将这种缺憾转化成写作上的优势。我以为依她早期轻车熟路的写作套路，衣米一会选择后一种方式，但在读了她的近作后，我推翻这样的臆断。她有一首《我在这一年里认识死亡》，充满了人性的悲凉，发出了哽咽之声。读到这里，我确信，当年她发出的"小心我会反着来"的警告，其实只是在警告自己，与听见这声警告的我们并没有多大的关系。

图书在版编目（CIP）数据

衣米一诗选 / 衣米一著. -- 武汉：长江文艺出版社，2022.6
ISBN 978-7-5702-1311-5

Ⅰ. ①衣… Ⅱ. ①衣… Ⅲ. ①诗集－中国－当代
Ⅳ. ①I227

中国版本图书馆 CIP 数据核字(2019)第 271977 号

衣米一诗选
YI MI YI SHIXUAN

责任编辑：谈　骁　　　　　　　责任校对：毛季慧

封面设计：祁泽娟　　　　　　　责任印制：邱　莉　　王光兴

出版：长江出版传媒 | 长江文艺出版社

地址：武汉市雄楚大街 268 号　　　　邮编：430070

发行：长江文艺出版社

http://www.cjlap.com

印刷：湖北新华印务有限公司

开本：880 毫米×1230 毫米　　　1/32　　印张：7.625　　插页：4 页

版次：2022 年 6 月第 1 版　　　　2022 年 6 月第 1 次印刷

行数：4068 行

定价：49.00 元
